五行歌集

ふたりして

倉本美穂子

市井社

五行歌集

ふたりして

目次

一の章　三月の雪

人影もなかった
公園に
ブランコが
揺れはじめて
春

幾度もの春
廻らせて
廃線の駅に
さくら
あわあわと咲く

湯にくぐらせた
菜の花の
鮮やかな緑青《あお》に
春を
いただく

勢いのある
風だ
五月の空に
鯉のぼり
飛びはねる

這いあがり
天上からこぼれ咲く
凌霄かずら
夏の花の
逞しさをつれて

捩れ花　と
呼ばれても
その頂きは
空に向かって
すっくと伸びる

夾竹桃の
白い花に
呼び止められる
ヒロシマの
あつい夏

少しだけの雨
少しだけの風
少しだけの暑さ
「少しだけ」に
ずいぶん救われている

薄墨の空に
雷が
ひと暴れして
夏を
つれていった

夏の庭に
ピンクの百日紅
すこしの風で
上下にゆれて
手毬をついているような

螺旋のつるの
その先に
朝顔は
秋の気配を
さがしている

朝夕
氷　ひと片
含んだような
風が通る
真っ先に秋に触れた

ガラスの器に
触れる手が
ひんやりと
感じはじめて
秋の入り口

道端が
急に明るくなった
秋桜が
いちどきに
咲くんだもの

季節を
選ばれたかのように
逝った人
晩秋は
あまりに寂しすぎて

寒ければ
寒いなりに
気持ちのいい朝だ
山肌から　ゆっくり
霧が立ちのぼる

雪が
おちて
枝先が
揺れるだけの
冬景色

雨から
雪に
変わる気配
闇の中で
耳を澄ます

かかる
淡雪
寒椿の
紅に
とけてしまう

わたしの体温で
ぬくめた布団から
睡眠をもらう
春まだ遠い
ひとり寝の寒い夜

ふくよかな胸へ
懐紙を
すっと忍ばせたよう
かさなる稜線に
三月の雪

二の章　涙の粒

コンビニの誘蛾灯へ
飛び込むよう
深夜に
居場所を求める
少年たち

やつれた貌を映す
終電のガラス窓
携帯を操る
指先だけは
疲れを知らない

台風の
爪痕に
ブルーシートが
被さったまま
二年目の冬

土砂災害から三週間近く
毎日のように雨が降った
天から
悲しみの涙の粒が
落ちてきているようだ

開かない窓からの
展望はスクリーンのよう
波の音も
汐の香りも
伝わらない

あとを絶たない
幼児虐待のニュースに
授からなかった人の
胸中は
もっと痛むだろう

山の奥の
造成地
好評分譲中の
幟だけが
風に吹かれている

倹約派か
浪漫派か
友は　いつも
一枚だけの
宝くじを買う

喪中葉書に並んだ
父　百二歳
母　百歳　が
結婚式の招待状のように
輝いてみえた

あと10ページ
もう10ページ
深夜
時計を気にしながら
推理小説の謎を追う

看させていただく
が
看てあげる
に　変わった
たったの三ヶ月で

死　までも
競うように
本家の姑《はは》と嫁《あね》
同じ年内に
逝く

無性に
亡姑《はは》に会いたくなる
そんな感情が
湧くことに
安堵したりもする

法事続きの
本家の窓を拭く
犬神家の一族のような
お屋敷だぁ　と
呟きながら

菜の花
たんぽぽ
日向ぼこ
あったかモードの老健施設が
競うように建つ

寿命と思っていた
わが家の電化製品たち
「いえ　酷使です」と
唱えながら
壊れていく

体がボロボロに
疲れるとは
寄りかかった柱が
そのまま
寝場所になるってこと

蛇口を捻れば
地下30メートルの
冷たい水が迸《ほとばし》る
豊かさと言うより
これはもう　贅沢の域

生活の中に
待つ音がある
ご飯の炊き上がる音
家族の帰ってきた音
そして　郵便受けのコトンなど

三の章　夫さん

キューピットの矢が
わずかに
外れて
今　あなたといる
不思議

あなたの色に
染まるつもりでしたのに
嫁して三十年
わたくし色に
染めてしまいました

又　失業

芯から言った
「すまない」
謝ることじゃ
ないのよ

ひどく冷え込んだ朝
「風邪　ひくなよ」
と　出かけた夫
あなたは　いつも
ぶっきらぼうであったかい

たった二行の
伝言メモじゃ
味気ないでしょうから
♡マークなんか
付けときました

出不精の夫が
二日続けて
桜を見に連れて行ってくれた
一日目は私のために
二日目は母も誘って

わらび採りも
潮干狩りも
夫は車の中で
本を読んで待っている
つまんないの

蛍を
見に行こうかと
誘われて
「はい」と
素直な妻になる

「いい
風ね」
と　言えば
「ああ」
と　だけ

キスよりも
手を
つなぐ。
うん　その方が
ずっと　すき

ちょっと眩しい
初夏の陽射しを
凌ぐには
あなたの陰が
ちょうどいい

もやしの豆としっぽを
取りながら
一日の出来事を
聞いてもらう
幸せってこんなことかも

身の丈に合った
暮らしでいいと
夫は多くを望まない
きっと　こころが
満たされているんだ

お茶いれましょう　と
言ったら
おちゃけがいい　と
答える夫
ぜんぜん可愛くないわ

お猪口も
ぐい呑みも
面倒だ　と言う夫に
小さ目のコップを
どんと　置く

今　一番
私にして欲しいことは
一メートル以上離れて
ひと言も喋らないこと
だとは失礼な

「わたし
魔性の女?」
って　聞くと
「爆笑の女」
と　夫が答える

秘密の欠片もない
夫の携帯
しょっちゅう
忘れて
出掛けている

過ぎた恋のことなど
話したら
黙って
聞いてくれそうな夫
いつか打ち明けるかもしれない

グラグラっと
揺れた時
とっさに自分の体で
私を護ってくれた夫
震度６以上の愛だ

不思議なんだけど
夫は　ときどき
夫じゃなく
親のような愛情で
私を包み込む

四の章　息子たちのケイタイ

行ってきます　を
聞かなかった日は
ただいま　と
子が帰るまで
気になって

学校には
母さんの手がない
匂いもしない
と　泣いて困らせた
遠い日の息子

ほんの僅かの隙間から
声を掛けただけなのに
「セクハラでうったえてやるう!」
と　三男のすごい声
風呂場からとんできた

この家のよさが
わかったら帰ります
と　置き手紙して
その日のうちに
帰って来た三男

遠足で
海洋館へ行った三男
何が一番よかったかと
聞けば
「売店のおねぇーさん」

「明日の朝のトーストは
　ミディアムにしてね」
と　言い残して
寝る三男
なに考えているんだか

袖の中まで
確かめた三男は
「カメ虫チェックようし！」と
掛け声をかけて
トレーナーを着る

三男の耳垢
「取らせてぇ」
と　言ったら
「だめ　育てよる」　と
逃げられた

「かあさんの隠し味って
ほんとに隠れてるね
全然効いてないよ」
って言う三男
的を射ているかも

最近
隠し事の多い三男
問いただせば
「秘密のアッコちゃんよ！」
と　人差し指でノンをする

「授業が難しくて
寝ることも出来ん」
と言う三男
一瞬返す言葉が
浮遊する

三男のケイタイ
母からの
着信音が
どうして
〝運命〟なのよ

十月のカレンダーに
ふたつの○印
高二の三男が
「ボクの休校日」を
勝手に作った

願書に書込みながら
「ああ　俺どうしよう
長所ばっか出てくる」
だなんて
悩みのタネがよく言うよ

迷って選んだ
ゆったり気味の洋服
「楽」で決めたんじゃ〜
女もおしまいだ
と　三男が言う

「目玉焼き
片目でいい？」
「固めより半熟がいい」
三男との会話は
いつもチグハグ

男はね
秘密がある方が
魅力的なんだって
と　言う三男は
よく喋る

料理が出来る間
夫と長男が話している
政治のこと
ハンセン病のこと
少しゆっくり作ろう

母親の怠慢に
長男の一喝
次男の沈黙
三男のなぐさめ
私はだんだん小さくなる

子に問われて
即答できなくてもいい
一緒に
考える時間が
持てるだろう

二十歳になる三男に
夢はと問えば
即「同棲」と答える
あぁ
聞かなきゃよかった

長男のアドレスは知らない
二男は要件のみ
三男は　Reが延々と続く
どの子も同じ胎から
出たはずなのに

初任給で
息子が買ってくれた
血圧計
おもちゃみたいに
夫は何度も測る

いつからか
両手でお金を
受け取るようになった息子
社会の波に
揉まれているようだ

息子三人が
母の老後で
盛り上がっている
みんな其々に
譲り合っちゃって

子から
教えられることが
多くなって
寂しさが少しずつ
膨らんでくる

五の章　いいえの〜

母の日のお礼メールを
お嫁さんにすると
「いいえの〜。おかあさま」
と　ユニークな件名で
返信がきた

お誕生日おめでとう　の
電話をしたら
「品物がいいですわ」と
ころころ笑うお嫁さん
底抜けに明るい

大切に育てられた
娘さんを
お嫁に貰うんだもの
これほど
有難いことはない

三男の褒め攻勢に
お嫁さんは
どんどん美しく
ますます料理上手に
なってゆく

お母さんも読んでくださいと
妊娠と出産の本を
うれしそうに差し出すお嫁さん
あの　わたくし
三人も産んでいるんですけれど

長男の嫁の病と
三男の嫁の妊娠を
一日違いで知らされた
哀しさが喜びを
交差しながら超えてゆく

案山子のように
お嫁さんを立たせて
寿　と赤い字の腹帯を
巻いたり解いたりする三男
これで五度目の挑戦

手術室に入る直前にも
ドジを踏む姑《わたし》
涙ぐんでいた嫁が
一寸　笑って
手を振った

「お姑さんが
おかあさんでよかった」
術後の嫁から
二度の言葉を
もらう

「赤ちゃんを
迎えるように
仔犬　飼おうね」と
ひとり息子12歳に
病後の嫁は

白い指先に
息を吹きかけ
手を擦り温めてから
赤ちゃんに触れる嫁
いい　お母さんだ

ゆうさんが
管理職になりました　と
写メールで辞令を
送ってくるような
三男の嫁である

姑に遠慮をしない
甘え上手になる
こんなことが
秘訣だったかと
今どきの嫁から教わる

名の由縁を
知りたくなる
「慈姑《くわい》」
嫁姑の愛情秘話が
あるのだろうか

ほのか（小１夏休み）

六の章　あじさいのはなびら

秋から始まる
れん君の四季は
「あき　ふゆ
はる　なつ
あっ　あつい！」

「よいこの4さいだい!」
片手を腰に
両足を踏ん張って
れん君は
4本の指をぐいと出す

「おばあちゃんて
こぶたどし？」って
れん君が小首をかしげて
あんまり可愛く訊くから
「そうよ」と答えたくなる

新緑の中のドライブ
ペットボトルに
ここの空気を
詰めて帰りたいね　と
十一歳は　少し大人びて

不安をいっぱい抱えて
臨んだ出産
赤ちゃんの
指まで数えて
目頭を熱くする

小さいながら
赤ちゃんが
退院できた翌日
散り始めた紅葉を
夫と見に行く

35年振りの
女の子誕生
ほのかちゃん　は
とろけそうに
やわらかい

夜泣きが
聞こえれば
お乳が膨《は》りそう
ぽろっと出して
ああ　含ませたい

抱っこして
お花を見せると
はふはふとおかたりをする
ほのかちゃん
若葉のような良い子だ

出来そうで出来ない
ほのちゃんの寝返り
おとな七人
相撲の観戦みたいに
力が入る

切迫早産で入院中の
三男の嫁から
「赤ちゃんはせっかちさんらしいです」
と　メールが届いた日
一ヶ月も早くほのちゃんに妹ができた

産まれたばかりの花音と
二歳の帆花　同じ可愛さだね　と三男
ああ　かつて母さんも
あんた達を産んだとき
同じことを思ったよ

じんわりと
手足がぬくくなって
背中のほのちゃんが
ずんと重くなる
やっと　寝たね

とうたんかあたんも言えない
ほのちゃんが
小さな声で初めて
「だっこ　ちて」だなんて
うるうるしたよ　おばあちゃんは

びゅん　という音に
ふと立ち止まって
「か　ぜぇ」と
おかっぱ頭をおさえる
ほのちゃんは　もう二歳

幼子は
真似をしながら
覚えていくから
ほのちゃんの前では
一番　女性らしくありたい

あじさいの花よ　と教えれば
ちょこっと触れて
これは　あじさいのはなびら？　と
花弁のようなお口で
ほのちゃんが聞き返す

七五三の着物姿の
ほのかちゃん
写真の帯を指差して
おなか　ぎゅーぎゅーて
しんどかった　と

外科医院のことを
「ほねおれたやさん」と
表現する
ほのかちゃん
ちょっとだけ痛くなさそうだね

来る度に小遣いを
渡そうとする夫に
「ほのか　ほんが　いいの」と
言う　孫娘
なんてうれしい言葉だろう

ほのか　おしっこ　でたみたい
おかあさん　つめたい？
お嫁さんの膝の上の
ほのちゃんが心配そうに
おもらしを伝える

保育園で原爆の話を聞いた
ほのちゃん四歳は
つなみのえほんを
ばくだんのほん　と
すごく真剣な顔で言う

みんなが
のんちゃんて　呼ぶから
ほのかちゃんは
妹の花音《かのん》のことを
くらもとのんです　と紹介する

おかあしゃ〜ん　と
大泣きするのに
お嫁さんが行ってしまうと
のんちゃんは
けろっと遊びだす

折り紙の封を開けると
あぁ　いいにおい　と
目をとじて匂いを嗅ぐ
ほのちゃんの横顔
胸がきゅんとなる

さんたさんのくにでは
なにしよるんですか　と
覚えたての字で書く
のんちゃんの手紙は
さと　すと　のの字が逆さまに

おばあちゃん　またくるね
一回の電話で
のんちゃんが六度も言うから
うん　きてね　と
同じほど　答える

細くて小さな
ほのちゃんが
一年生になった
ランドセルの底を持ち上げて
ついて歩きたい気分

夏休み
孫娘ふたり預かる
髪を梳かして結って
息子では味わえなかった
時間がある

恋の歌など
詠めぬまま
孫
ひといろに
染まってゆく

かのん（5歳）

七の章　母子草

母子草
ほたる草
名を知ると
ためらいながら
抜く草もある

今日の雨はやさしい
からだを
おやすめなさいと
静かに
降っている

仏教婦人会から
お誘いがあり
〝若妻のつどい〟という
響きに釣られて
参加の返事をする

本心に
従えばよいものを
良心が
顔を出すから
ややこしくなる

21.5㎝の小さな足
婦人靴コーナーには
〝シンデレラサイズ〟
とあって
ちょっと　うれしい

Ｍ　で
十分と思っていたけれど
なにかしら窮屈で
Ｌ　に
身をゆだねる

洗い落すと
体感温度が
2度低くなる
わたしの
厚化粧

仕付け糸を
引くときのように
届いた便りの
封を
丁寧に開ける

夕べ書いた
手紙の濃さに
戸惑いながら
すこし乾いた言葉を
新しい便箋に置く

ぼんやりと
していることも
大切な時間
わたしに
「暇」はない

ギューっと
背伸びすれば
体のあちこちから
骨の
悲鳴

無知も
幸せ
教えてもらえる
喜びが
ある

目覚ましが
鳴る寸前に
ピタッと
目が覚める
見事な目覚め

〝不可能〟だらけの
我が辞書に
〝何とかなる〟も
居座って
帳尻を合わせる

小3の時のテストに
雪の日は明るいと書いて
×になった
けれど　いちめんの銀世界
まばゆいほどの明るさだ

あぁ　もったいない
若いって
素顔が一番なのにと
老婆心が
疼く

未完の
美しさを秘めた
つぼみに
紅《べに》は
いらない

なんにも
いらない
健康でさえあればと
一番贅沢な
欲を持つ

迷った時は進むべきよ
高校時代からの友は
いつもこう言って
私の背中を
押してくれる

ありがとうって
心底　そう思う時
言葉
じゃなくて
涙が　出るね

八の章　真昼の月

〝浮気調査
いたします〟が
なんともそぐわない
参道の
赤い貼り紙

葱の匂いの
残る
指先で
春色の
紅を差す

灰汁に染まった指先
もう恋はできないね　と
囁く声を聞きながら
赤紫蘇の葉を
ひたすら揉む

一気に
ビールを飲み干す
男の喉仏
「旨い！」
と　唸っている

美しい人に出会った
雑踏はモノクロとなり
その人だけが
スローモーションで
通り抜けていった

悲劇のヒロインに
なりきって
語り始めた
女たちの
極上のかしましさ

無口なんですと
言いながら
饒舌に喋り続ける人の
口許
餌をあさる魚のよう

古いセーターが
ほろほろ
解《ほっ》れるように
止めどなく続く
女たちの身の上話

パズルの
一ピースが
欠けたような
同窓会名簿の
白い空欄

同窓会　と
称すれば
赦されるだろうか
ふたりだけの
密やかな　それ

楽しんだあとの
今日の孤独
いっそう
色濃く
纏わりつく

ひたすら
灰汁を
取り続ける
凹んだ日の
台所

屋根裏に
こもった熱を
残したまま
けだるく夜が
明けてゆく

白くて
薄い
真昼の月に
胸の裡まで
見透かされ

あなたの
四角い
丁寧語が
これ以上
私を近づけない

優しさは
ときに残酷
傷口の奥深く
入り込んで
触れることもあって

行きは右の席
帰りは左の席
無意識に座る
君の住む町が
見える側に

臆病な恋なら
傷つくことはない
きっと
淡い想い出に
変わるはず

手も触れぬ恋だった
美しいと思う
哀しいとも思う
胸の奥に
仕舞っている

夕べの憂さを
飛ばすように
つんと突《つっ》けば
鳳仙花
掌に爆ぜる

秘め事抱いて
帰る夜は
月の光の
その
冷たいこと

九の章　昭和一桁

母の胎内に
十月《とつき》もいた
ただ
そのことが
うれしくて

母の活ける茶花は
凛として
清楚
昭和一桁の
魂がある

釣瓶落としの
秋の日を
惜しみながら
畑で過ごすであろう
母を想う

何処へも
行くことのなかった
親を思えば
日帰りの旅さえ
勿体ないと　母

かつて生活のための
麦作りだったが
今　生け花用として
育て楽しんでいる
母のゆとりが嬉しい

釣り上げた時
測っているのに
焼いて縮んだ鮎を
兄はもう一度測り
合掌して頂く

神事に
携わる時の
兄の後姿
定規を
ススーッと滑らすような

父はアメリカの地で
強制収容所へ抑留され
十九の母は被爆した人たちの看護
ふたりとも戦争の話を
頑なにしなかった

踏絵のような
「忠誠登録」
両親のいる日本
と　答えた父は
さらに奥地の収容所へ

戦地に赴かなかった
負い目も
持ち続けていたのだろうか
帰米二世の
父の戦後は

手術が済んだ
大正生まれの父の手を
昭和一桁の母が
ずっと握っていた
初めて見る光景だった

父が亡くなる前日
ありがとうね　と父の耳元で囁くと
すかさず母は
がんばろうよ　と反対側の耳に言う
昭和一桁は　諦めない

父の初七日と
夫の手術日が重なった
精一杯　正さんを看れるよう
父は　少し早く
逝ったような気がしてならない

ええ子　ええ子と
育ててもらい
還暦近くになっても
父は私《こ》を
ええ娘と呼んでいた

反抗期がなかったよ
と　言う父に
一度きりの
我侭
正さんを　助けてください

十の章　梅鉢の家紋

真夏の結婚式
絽の留袖に
銀糸の袋帯を
ゆったりと締めた
母　綺麗

母のお気に入りの
梅鉢の家紋
外孫は男ばかりで
絶えることが
寂しそう

着物きるんよ　と
言ったら
母はそれは喜んで
これもつけんさい　と
使いかけの頬紅を呉れる

仕付け糸を取らぬまま
箪笥に眠る
絽の羽織　結城紬　塩瀬の帯
肩身の狭い思いをせぬよう
支度をしてくれた母

孫を持って
初めて親の苦労が
わかったと　父
我が時は必死だったが
おまえたちの姿を見て　と

問いもせず
答えも出さず
じっと待つ
父親とは
哀しいものだ

姑小姑の中にいて
唯一　やすらげる
母の居場所は
田畑だったのでは
と　今更に想う

厳格な舅姑に仕え
辛い日々だったと思うが
父の弟妹たちみんなに
ようしてもろうたけ
堪えられた　と母

入院手術が決まった後の
八十七歳に近い母は
一日を
四十八時間のごと
動きまわる

どう逆立ちしたって
母の原動力には
かなわない
かなわないことが
また　うれしい

麻酔が覚めた酸素マスクの
母の最初の言葉は
暗うなるけ早う帰りんさい　だった
ずっと　おるよ　と言ったら
安心したように眠る

母を看ながら
なぜか
頭を撫でられているような
気持ちに
なることがある

老いた親のことなど
考えて
眠れぬ夜は
枕が
かたい

頂いた手紙の
うれしいところ
ちょっと摘んで
耳の遠い母に
大きな声で読む

米寿のお祝い
何がいい？　と訊けば
なんにもいらんのよ
と　笑う母
きっと　ほんとうのこと

誕生日プレゼントにと
葉加瀬太郎コンサートへ
妹が招いてくれたけど
あまりに賑やかすぎて
深夜　ツィゴイネルワイゼンをひとり聴く

ＣＴと血液検査で
６時間は費やす
綜合病院の待ち時間
病人になった気がすると
89歳の母

編み物をするときは
かけないが
私の五行歌を読むとき
九十歳の母は
眼鏡をかけてじっくり読む

着物の好きな九十歳の母が
もう着ることもないと
次々にくれるので
桐の和簞笥
一棹　買う

カープが勝った日
新井さん　菊池さんと
活躍した選手が
さん付けになる
分りやすい母だ

育てやすい
時代だったからと
母の口から
苦労話は
出てこない

長男が産まれたとき
こんな可愛い孫《こ》
もう思い残すことはないと
言った母
今　十二人の曾孫に囲まれている

十一の章　命の半分

癌という　字さえも
怖いのです
平仮名でも書けず
片仮名でも書けず
悪い出来物と　記す

父の死だけなら
大泣きして寝込んでいただろう
余命宣告された夫の
入院手術が重なって
もう　頑張るしかない

病状は
正確に伝えられたい
けれど余命告知は要らない
ましてや
治療してもの命の期限は

白髪をきちんと整え
真面目を絵に描いたような医師が
頭を掻きながら
「すみません　誤診でした」と
言ってくれないだろうか

この命
半分削ってもいいと思った
が　全部はだめ
親を看る
命も要る

点滴も終わったし
午後の回診も済んだから
夫のベッドで一緒に寝ていたら
若いナースさんが
「きゃぁ〜素敵！」と

入院中に親しくなったご夫婦が
遠方から新鮮な野菜を持って
訪ねてくださった
辛い闘病生活の中で
うれしいご縁もある

坦々と
葬儀場の
会員手続をする夫と私
ふたりして
なにしてんだか

残された時間を有意義に
過ごしていただくために
余命を――。
医師のその言葉に縛られて
三ヶ月が過ぎてしまった

夫の病院からの帰り
もう三ヶ月経ったね　と
三男がぽつり言う
そのあとの言葉は
お互い黙っている

北六病棟から
見る風景は
ちっとも変わらなくて
時折吹く風に
ポプラの小枝がゆれるだけ

凩が
軀の芯を
吹き抜けていく
蒼くなった
唇の色が戻らない

術後間もない
夫の胸に飛び込む
ほのちゃんを制した晩
満面の笑みで孫を抱く
夫の夢を見る

尾関山の紅葉
今年も見に行こうかと　夫
最後になりそうで
きっと泣いてしまうから
返事を濁す

副作用で脱毛しても
かまわん　と
帽子も被らず
出掛ける夫
そんなところも　好き

風呂の鏡に映る姿は
理科室にあった
骸骨の模型のようだ　と
言う　夫
悲しいけれど否定できない

すぅ〜っと落ち着いてゆく
心地良さに安らいでいた
毎日の十秒間ハグ
夫の背《せな》に手を回せば
浮き出た骨の悲しさ

帰るとき
ほのちゃんとのんちゃんが
すき！　と
夫に抱きつく
孫娘たちと同じ細さになった腕に

独りになった時の
寂しさに潰れそうで
夫の温もりを
夫の匂いを
覚え込まないようにしている

つらい時
芥子粒ほどの
希望にしかならないが
人には
祈ることが残されている

眠られなくて一錠
午前二時に
もう一錠
朝刊配達のバイクの音が
聞こえてくる

初めての
救急車要請
動けない身体でも
玄関までは出とかんと　と
遠慮しいの夫は言う

10月25日

息子や孫たちが集まって
ドラフトに熱くなり
私のささやかな誕生会もして
夫が居てくれた最後の夕餉

夫は自然死を
遂げようとしているのか
飲まず食べず
病院に行こうともせず
大丈夫　とだけ言う

深夜の
自販機って
虚しいね
渇いた音だけが
病院中にやたら響いて

サンフレッチェが優勝したよ
父さんに伝えて　と
同時刻　同じ文面で
息子たちからメールが入り
ベッドの上の夫の頬が緩む

父さんが疲れるからと
長男は　来る回数が減り
体調を気遣うメールが増えた
三男は　心配だからと
来る回数もメールも増えた

治療が困難になり
綜合病院から緩和ケアへ
そのシステムの意味を
熟知している夫に
どう告げよう

この夫を看るためだ
消灯後　冷えたおにぎりを
頬張るさもしさに
何が哀しくて涙が出るのか
分からなくなる

目が覚めると夫は
みほこ　と呼び
私はいつでも
安心してもらえるよう
片時も傍を離れたくなかった

余命を受けた時から決めていた
絶対に独りでは逝かせない
いつも傍にいてあげる
ずっと手をつないでいてあげる
私にできる唯ひとつのこと

力の失せた
夫の手を引き寄せて
そっと乳房にあてがえば
幽かな
指の動き伝わる

夫にすがって泣く母に
おかあさん　からだ　きをつけて
と　言葉を残して昏睡状態に
夫は40年間　どんな時でも
親兄妹を大事にしてくれた

ああ呼吸が浅くなっていく
脈が取れなくなっていく
どうしよう
どうしよう
何にもしてあげられない

二男と三男が　父さんありがとう
長男が　母さんのことは心配しないで
僕らでちゃんとみるから　と言ったら
もう明くことはない夫の目から
涙がぽろぽろ零れた

何の装置も付けず
父さんを囲んで過ごした一夜
家族だけで
静かにお別れができて
恵まれていたと息子たち

壊れそうだったから
強く抱くことはできなかった
夫が息を引き取って
病後初めて
力いっぱい抱きしめて泣いた

荼毘所でのお別れは
拭っても拭っても
涙が溢れて
夫の顔がぼやけて見えなかった
頬の冷たさだけが残っている

母さんが死んだら
お父さんのお骨に混ぜて容れてね
と　息子たちに頼んでいる
ずっと一緒という
大きな安心が待っている

十二の章　哀しい自由

夫が亡くなった
午前三時四十分
必ず目が覚める
リンと一回
電話のベルが鳴ることもある

もっと長く
って言ったら
30秒くらいハグしてくれた
夫の温もりも匂いもあった
不思議な　夢

ひとつぶ零せば
堰を切ったように溢れ出す涙
どうして夫は居ないのか
そんなことばかり
考えている

夫はもう居ないけれど
お年玉や祝いの熨斗に
じいちゃんばあちゃんより
と　書いたら
孫息子16歳が　これいいねと笑った

八十路に近い人が
私もそうだったわよ　でも
自由になったと思いなさい！　と
哀しい自由だ
逃げ出したいような自由だ

寒さに向かうこの時季は
夫と過ごした
緩和ケアでの時間が蘇り
寂しさが
余計　身に沁みる

ひとりになって
寂しさと
隣り合わせに
ついてきた自由の中で
立ち往生している

区役所のロビーで三男が
これ　まだ息をしとってんときの　と
自分の手に夫の手を重ねた
携帯の写真を見せるから
人前でぽろぽろ泣いてしまった

かわいそうと思えば
可哀想な人になってしまう
逝った人を
輝かせてあげられるのは
残された者の心で

夫が余命を
告げられた歳になって
つくづく思う
穏やかに過ごしてくれたのは
周りの人への夫なりの愛だったと

夫が亡くなって三年
時が経つにつれ
忘れられるというものでもなく
逢えていない時間の方が
どんどん長くなっていく

玄関の夫の履物は
替えたけれど
箪笥の中は
秋物のまま
最後の入院の時のまま

十三の章　ドラフト会議

カープ戦がある日
二男は
仏間の夫の遺影に
ビールを供え
テレビを向ける

勝った！　の声で仏間に行くと
長男と三男が泣いていた
次男はニコニコしていた
夫がいたら　手が痛くなるくらい
ハイタッチしただろう

ドラフト会議がある日は
息子三人
申し合わせたように有休を取り
集まって盛り上がる
去年はここに　夫も居た

悲しいことは
堪えられるが
うれしいことがあったとき
夫と一緒だったらもっと嬉しいのに
と　寂しさを痛感する

ひとりで観るより
みんなで応援する方が
何倍も楽しめるらしい
黒田博樹投手初登板の日
息子三人　集まる

黒田投手みたいな人だったら
再婚するかも　と
三男にメールを送ったら
勘弁してよ（汗）と返信がくる
冗談が通じない子だわ

お天気がいいので
田んぼに居た90歳の母と
息子たちが話している
みんなの笑顔
写真に撮っておけばよかった

一年の内で一番楽しみな日　と
名スカウト気取りの息子三人が
ドラフト会議に没頭する
耳鳴りがしそうなくらい賑やかで
来て嬉し帰って嬉しの一日

父さんの命日は
ドラフト会議の日　と
息子たちはいつも言う
僕らと一緒に歓声あげて
父さんの命があった日と

午前9時半に集合して
途切れることなく
ドラフト談議をする息子たち
夕食に来た嫁さんや孫たちが
静かに感じられるほどに

午後9時過ぎ
ああ　ドラフトロスになる
と　言いながら
息子たちが帰っていく
私は見えなくなるまで手を振る

夢中になると
息をするのも
忘れてしまいそう
だから　大きく深呼吸して
あなたを想う

死がふたりを分かつまで——
いいえ
引き離されても
想い続けている
私たちはずっと夫婦だ

何が起こっても
いい人生だったと
夫が言ったように
私もまた　同じ言葉を
息子たちに遺したい

再び墓の中で
また逢える
ふたり土塊となり
永遠《とわ》に一緒
もう離れない

人を安らぎいざなう心

草壁焔太

倉本さんの歌集の原稿を初めて読んだとき、いままでにない経験をした。とくに強い感情があるのでもない一の章「三月の雪」から、何かの兆しのように涙が湧いてきて、読み上げるまでずっと泣き続けたことである。「命の半分」の章で、人目をはばかるほど咽び泣きした。

なぜだろうと思った。

毎月見る倉本さんの歌、五、六首ではわからなかった何かがある。

それは、倉本さんの歌にある心にあるにちがいない。その心が、人の心はこうあってほしいと思うような、まるで全人類の心のその標準のように読む者の心までよくしていくような何かなのである。

広島に歌会ができた頃から、私は倉本さんの歌を高く評価し、いちばんよく見えるところに置こうとした。それは今も変わらない。技術的に優れているとか、高邁なことを書いているとか、そういうことではない。

自然で、肩の力が抜けていて、とくに重大なことをいっているのでもないのに、読む人の心をよいところへ導いている。

道端が
急に明るくなった
秋桜が
いちどきに
咲くんだもの

死　までも
競うように
本家の姑《はは》と嫁《あね》
同じ年内に
逝く

このなんでもないような歌が、私の心の中心にある涙の入口に誘うようなのだ。涙が出るのは副交感神経の働く状態だという。それは睡眠などやすらぎの状態とも隣り合っている。

人は活動するときは交感神経のよく働く状態にあって、そこでは戦っている。だから、心の底にやすらぎを求める気持ちがある。倉本さんの歌は、多くが戦いに疲れた心をそこへいざなってくれるのではないだろうか。

彼女の性格、個性そのものが、人との間でもそのように働いているのであろう。

私は、本一冊分、泣いて安らったのである。

最初から、私が彼女の歌を一つの歌の世界の代表のように思っていたのは、そういうことであったようだ。
倉本さんというと、三人の息子さんたちの歌を思い出す。とくにその三男ものは五行歌のなかでも有名である。彼女によると、長男、次男は彼女より上位にあるような感じらしい。

最近
隠し事の多い三男
問いただせば
「秘密のアッコちゃんよ！」
と　人差し指でノンをする

二十歳になる三男に
夢はと問えば
即「同棲」と答える
あぁ
聞かなきゃよかった

この三男は彼女の歌を読む私たちをも楽しませてくれた。倉本さんの自然な書き方は、意識してできるものでもなく、自然だから気がつかないが、人の描写その背後にある霊妙なところもよく書けている。さもなくて、こんなに面白くなるはずがない。

母の日のお礼メールを
お嫁さんにすると
「いいえの〜。おかあさま」
と　ユニークな件名で
返信がきた

「赤ちゃんを
迎えるように
仔犬　飼おうね」と
ひとり息子12歳に
病後の嫁は

お嫁さんを書いても、たった五行ですべてがわかる。それぞれが長編の物語のように読めるではないか。その自然体は達人の方法なのである。孫のれん君、ほのかちゃん、のんちゃんの個性まで一人ひとり読み手を惹きつける。

もちろん、母、夫についてはなお…。

「命の半分」の章は、私はこの二人と一体になったように読んでしまった。私自身の物語のように読めてしまうのである。つまり読者は自然に自己同一化してしまう。そして、その家族全体の物語が、『風と共に去りぬ』や『若草物語』のような一大長編を読んだような深い感動となった。

登場人物がよく書けていて、真実そのものといっていいドラマが書けている。彼女は自然体の歌を書きながら、大きな仕事をしていたのだと思う。

歌は短いが、その瞬間の命を表わす、ときに短い歌が長い年月を表わすこともある。これに対し、歌集は長編小説に当たる、うたびとは自身の気持ちを瞬間瞬間表わしながら、その一生で長い物語を書くのだと、私は言っている。

この歌集は、それを説明するのにぴったりのものとなった。

この物語は、永遠に続く愛の物語であろう。

あとがき

はじめて五行歌と出合ったのは、二十数年前、夕刊に掲載されていた草壁主宰の、

優しさに
優しさ重ね
君のいる日は
花の上の花
空の上の空

でした。すぐにスクラップして、いつか自分も書きたい、と感じたことを、今でもはっきりと覚えております。

本を読むことは好きでしたが、書くということに関しては、日記ぐらいのもので、まさか、二十年も五行歌を続けられているということは想像もできませんでした。

この二十年の間には、楽しいことも嬉しいことも多くありましたが、父の死、夫の死という悲しい経験もし、歌を詠む気力はないと思うのですが、ふと、浮かんでくることもあり、書き留めることによって、歌の中で、父も夫も生きた証となっていることに気付かされました。そして、息子たちや孫たちの何気ない言動も、書き留めていなければ、きっと忘れ去ってしまうことが、歌集として残すことにより、その時その時の面白さ可愛さを、アルバムのように捲ることができ、私にとって大切な一冊になるのではと思いました。

幼い頃、生死を彷徨うほどの大病をしましたが、お医者さまと、寝ずの看病をしてくれた父母のお陰で、今の自分があると思っています。その母も九十歳を過ぎた頃から、家の中で過ごすことが多くなりました。私の歌を読むときや、五行歌の話をするときの母の喜ぶ顔が浮かんで、歌集を上梓するきっかけになりました。まことに独りよがりな拙い歌です。特に、夫の病や死の歌に至っては、五行日誌かと思うほど長いフレーズもあり、五行歌とは程遠いと感じられる方もいらっしゃると思いますが、どうかお許しください。

歌集を編むにあたって、草壁主宰をはじめ、叙子さま、市井社の皆さま、装丁のしづくさん、編集の純さんには、大変、真摯に取り組んでいただき、感謝の念でいっぱいです。

そして、いつも支えてくださった、ひろしま歌会の皆さん、ありがとうございました。

ふと　出合った
五行歌は
いつしか
偶然から
必然へ

五行歌を通じて、ご縁をいただいた全国の皆さまに、心から感謝申し上げます。

倉本美穂子

平成三十年　春

倉本美穂子（くらもと みほこ）
1951年10月　広島市安佐北区生まれ
1973年4月8日　結婚
1998年9月　五行歌の会入会
五行歌の会ひろしま歌会会員・役員
五行歌の会同人

五行歌集
ふたりして
2018年4月8日　初版第1刷発行

著　者　　倉本《くらもと》美《み》穂《ほ》子《こ》
発行人　　三好清明
発行所　　株式会社 市井社
〒162-0843
東京都新宿区市谷田町3-19 川辺ビル1F
電話　03-3267-7601
http://5gyohka.com/shiseisha/

印刷所　　創栄図書印刷 株式会社
装画　　Naoko Yagi
装丁　　しづく

ISBN978-4-88208-155-5

五行歌五則

一、五行歌は、和歌と古代歌謡に基いて新たに創られた新形式の短詩である。

一、作品は五行からなる。例外として、四行、六行のものも稀に認める。

一、一行は一句を意味する。改行は言葉の区切り、または息の区切りで行う。

一、字数に制約は設けないが、作品に詩歌らしい感じをもたせること。

一、内容などには制約をもうけない。

五行歌とは

　五行歌とは、五行で書く歌のことです。万葉集以前の日本人は、自由に歌を書いていました。その古代歌謡にならって、現代の言葉で同じように自由に書いたのが、五行歌です。五行にする理由は、古代でも約半数が五句構成だったためです。

　この新形式は、約六十年前に、五行歌の会の主宰、草壁焰太が発想したもので、一九九四年に約三十人で会はスタートしました。五行歌は現代人の各個人の独立した感性、思いを表すのにぴったりの形式であり、誰にも書け、誰にも独自の表現を完成できるものです。

　このため、年々会員数は増え、全国に百数十の支部があり、愛好者は五十万人にのぼります。

五行歌の会　http://5gyohka.com/
〒162-0843 東京都新宿区市谷田町三―一九
川辺ビル一階
電話　〇三（三二六七）七六〇七
ファクス　〇三（三二六七）七六九七